Die schwarzen Punkte

Erzählungen über eine Kindheit

in den 1950er Jahren in Franken

Sabine Breuer-Frisch

© 2018 · Sabine Breuer-Frisch

Lektorat: Ingrid Haag · www.ingrid-haag.de
Satz & Layout: PCS Books · www.pcs-books.de
Fotos/Grafiken/Cover: Privat; #163816180 | Urheber: abbiesartshop, #139194371 | Urheber: elovich, alle www.fotolia.com

Druck und Verlagsdienstleister:
tredition GmbH, Halenreie 40–44, 22359 Hamburg
1. Auflage

978-3-7469-6043-2 (Paperback)
978-3-7469-6044-9 (Hardcover)

Inhaltsverzeichnis

Der Mond ist aufgegangen 7

Badetag der Familie 13

Sonntagsspaziergang 19

Die kranken Gurken 25

Der Mai ist gekommen 31

Viel Spaß im Sommerbad 37

Sommerferien 43

Besuch bei Herrn Ganter 51

Beim Friseur 57

Das ewige Thema 63

Die blauen Skier 71

Klein-Amerika 77

Schwarze Punkte 83

Der Adventsschrank 89

Die Autorin 98

Alfter, am 24. April 2016
Alanus Werkhaus

Liebe Sabine,

heute schreibe ich Dir einen kurzen
Brief, damit Du Dich gerne an die erste
Zeit Deines Schreibseminars erinnerst.

Es war eine schöne und aufschlussreiche
Zeit. Du konntest ohne (oder mit wenig
Angst) diese Tage genießen.

Heute fährst Du wieder nach Hause mit
der Vorfreude auf ein gelungenes und le-
senswertes Buch.

Dieses Buch beinhaltet einzelne
Geschichten einer Frau, die sich erinnert.

Auf geht's!

Liebe Grüße
Sabine

Der Mond ist aufgegangen

... die güldnen Sternlein prangen am
Himmel hell und klar

*A*m Rande der Stadt war eine Neubausiedlung entstanden für all die Schlesier und Ostpreußen. Die Flüchtlinge mussten untergebracht werden. Ein Haus am anderen, gelb, grün, weiß, jeweils für vier Familien, eine Sackgasse, keine Autos, dahinter ein Schlittenhang, ein Bach ganz in der Nähe. Eine der Wohnungen war für uns! Was für ein Glück!

Die Wohnung war klein, und weil sie im Winter bezugsfertig geworden war, hatte das Mauerwerk keine Zeit gehabt zu trocknen. Eis bildete sich an der feuchten Decke und fiel direkt ins Bett unserer Eltern. Der einzige Ofen der Wohnung, der das hätte verhindern können, stand im Kinderzimmer. Drei Zimmer, Küche, Bad. Viel zu wenig Platz für sechs Kinder und zwei Erwachsene. Wie sollten wir unser kleines Reich aufteilen? Nach langer Überlegung einigten sich unsere Eltern, uns Kindern den größten Raum zu überlassen, der gleichzeitig als Essraum genutzt werden würde. Zwei Etagenbetten wurden aufgestellt, in die Mitte kam ein großer Tisch, und das war's. Den kleinsten Raum, das sogenannte „Zimmerle", nutzten meine Eltern als Rückzugsort, wenn es mal wieder hoch her ging unter uns Kindern. Zum Beispiel mittwochs, wenn der Bayrische Rundfunk abends das Wunschkonzert sendete. Am Mikrofon: Fred Kraus, der Vater von Peter Kraus. Dreimal im Monat hingen wir vor dem Radiogerät und träumten mit Catharina Valente und ihrem Bruder Silvio Francesco vom Traumboot der Liebe. Jeden vierten Mittwoch verließen wir Fred Kraus und suchten die Sender nach einem Hörspiel ab, um uns nicht von den Wünschen der Klassikfreunde quälen zu lassen.

Wenn meine Eltern Besuch bekamen, wurde es allerdings eng mit dem Platz. Wohin mit den Gästen, für die meine Mutter, nach den Anweisungen meines Vaters, schlesische Spezialitäten kochen musste? Um sein Heimweh zu stillen, traf er sich regelmäßig mit alten Freunden, die wie er mit der neuen Situation fertig werden mussten. Sie erzählten sich Geschichten von Glogau und Ohlau, schwärmten vom Schützenzug und planten, auch hier, in ihrem neuen Wohnort, einen solchen auf die Beine zu stellen, um in der Fremde ein Stück Heimat zu finden. Damit alle gemütlich beisammen sitzen konnten, bot sich nur der große Tisch im Kinderzimmer an. Ein Esszimmer, wie im Zuhause meiner Freundin Bettina, der

Tochter des Bürgermeisters von Coburg, hatten wir nicht, und wir Kinder hatten auch keine Möglichkeit, den Raum zu wechseln. Und so lagen wir zu zweit auf jeder Matratze – oder „in jeder Furzkuhle", wie wir sagten – und konnten vor Neugier nicht einschlafen, während die Erwachsenen schmatzten und quatschten. Doch das Klappern des Bestecks und das leise Raunen der Gespräche trugen irgendwann dazu bei, dass das Sandmännchen seine Arbeit leisten konnte und wir, ein Kind nach dem anderen, einschliefen.

Ich wusste nicht, wie lange ich geschlummert hatte, als mich Gesang weckte: „Der Mond ist aufgegaaaangen …" Ein ganzer Chor bot das Lied von Matthias Claudius dar. Als ich duselig die Augen öffnete, um zu sehen, welcher Engelschor mir dieses schöne Schlaflied sang, brach wildes Gelächter los. Es waren nicht die Engel, die da sangen, sondern Herr und Frau Kokoschka, der Schnelldichter Wilde mit seiner Frau und meine Eltern.

Auf mein erstauntes Fragen, was denn der Anlass dieses nächtlichen Konzerts wäre, deutete Erich Wilde auf meine Kehrseite und sagte: „Du bist es, du hübsches Kind! Du bist der Grund, warum wir so erheitert sind."

Im Schlaf hatte ich meinen nackten Hintern, ähnlich rund und voll wohl wie der

Mond in seiner größten Phase, den Erwachsenen entgegengestreckt. Wie peinlich! Gut,
dass ich am Hinterteil nicht erröten konnte.
Meine Schwester Carola hatte im Schlaf die
ganze Decke an sich gerissen und sich darin
eingerollt. Ich eroberte mir schnell meinen
Teil zurück und verhüllte mein ausgekühltes
Hinterteil.

... und aus den Wiesen steiget der weiße Nebel
wunderbar.

Badetag der Familie

amstags war in unserer Familie Badetag. Schon früh morgens stocherte meine Mutter mit dem Schürhaken im Ofen herum, damit bis zum Mittag genug heißes Wasser zum Baden da war.

Bis nach dem Mittagsschläfchen meines Vaters hatte sie alles für ihn bereitet: frische Unterhosen, Hemd, alles in Feinripp, strahlend weiß, dazu Socken, heute ohne Loch, ein akkurat gefaltetes Badetuch. Der Höhepunkt der Vorbereitungen bestand darin, dass meine Mutter eine grüne, nach Tannen duftende Badetablette ins Wasser warf, wo sich diese um sich selbst trudelnd auflöste.

Mein Vater badete als Erster, und wenn er aus dem Wasser stieg, hinterließ er Spuren seiner wöchentlichen Arbeit in Form eines dunkleren Randes in der Wanne. Auf der Wasseroberfläche hatte sich ein grüner Ölfilm ausgebreitet.

Frisches Wasser für die nächsten Schmutzfinken? Gott bewahre! Kohle und Wasser waren teuer. Also ließ Mutter für den nächsten Badenden gerade so viel warmes Wasser nachlaufen, bis das Bäuchlein bedeckt war und der Badende nicht fror. Natürlich musste meine Schwester Carola immer gerade dann zur Toilette, wenn ich mit Baden an der Reihe war, und da die Badewanne und das stille Örtchen im selben Raum standen, bedeutete das für mich: Untertauchen! Sie sollte mich nicht nackig sehen, und ich durfte ihr Plätschern nicht hören. Dann war der Nächste an der Reihe.

Nach meinem Vater und acht Kindern hatte sich die tannenduftende Badeoase in ein medizinisches Moorbad verwandelt. Aus frischem Grün war dunkelstes Braun geworden.

Sobald meine Mutter das Badezimmer betrat, fischte ich im Trüben nach dem Waschlappen, denn jetzt gab es eine Haarspülung vom Feinsten: kaltes Essigwasser aus dem Blechtopf. Wer nicht schnell genug den Lappen ins Gesicht presste, dem brannten die Augen, und das tat höllisch weh.

Nachdem alle Familienmitglieder wieder sauber waren, hatte das Wasser noch immer nicht ausgedient. Die Arbeitskleidung meines Vaters wurde bis zum nächsten Morgen darin eingeweicht.

Im Glauben, von Kopf bis Fuß wieder zu glänzen und gut zu riechen, setzte ich mich an den Esstisch und freute mich auf ein weiteres Ritual: Es gab Kakao und Käsebrötchen.

Nur ein Brötchen für jeden, aber das war purer Luxus. Auf das Abenteuer Badetag hätten wir der Wirkung wegen gut verzichten können, nicht aber auf unsere heiß geliebten Käsebrötchen und den Kakao, den es statt des täglichen Pfefferminztees gibt.

Sonntagsspaziergang

Nach dem Mittagessen und einem Verdauungsschläfchen folgte der sonntägliche Spaziergang unserer Eltern. Die Route war fest eingeplant, es war immer dieselbe Strecke: Sie liefen vier Häuser die Eupenstraße entlang, bogen in den Pilgramsrot ein, danach waren sie nicht mehr zu sehen.

Jetzt hatten wir endlich Zeit für uns. Wir kannten ihren Spazierweg und wussten, dass sie nun ein paar Stündchen unterwegs waren. Schnell waren ein paar Kinder aus der Nachbarschaft zusammengetrommelt, unser Völkerballturnier konnte beginnen. Wir tobten auf der Straße, waren laut und lachten, wenn wieder ein Mitspieler das Feld verlassen musste, weil er den Ball nicht gefangen hatte.

So hätte es stundenlang weitergehen können, aber bevor die Eltern wieder eintrudelten, musste das Geschirr vom Mittagessen gespült und die Küche blitzblank geputzt sein. Wir spielten bis zur letzten Minute und freuten uns auf den nächsten Sonntag, wenn die Eltern wieder ihrem sonntäglichen Ritual folgen würden.

Die zweite Variante, den Sonntag zu verbringen, war für mich, einfach mit spazieren zu gehen. Die Entscheidung war jedes Mal ein wenig mühsam, ich dachte an den langen Weg, den ich gehen musste, bevor die Belohnung kam.

Wenn meine Eltern loswanderten, stellte ich mich immer vor unser Haus und sah ihnen nach. Hatte ich Glück und mein Vater gute Laune, drehte er sich kurz vor dem Einbiegen in den Pilgramsrot um und winkte mir zu. Das bedeutete, ich durfte sie begleiten. Meine Freude war geteilt. Der Weg war mühsam. Aber wie gesagt, die Belohnung winkte!

Wir liefen zum Schlossplatz – das schaffte ich mühelos, denn bis dahin ging es bergab. Aber was dann kam, oje!

Meine Eltern gingen forschen Schrittes durch den Hofgarten bis zur Veste Coburg hinauf. Nach Luft schnappend keuchte ich ihnen hinterher, so gut es ging. Meine Eltern genossen die schöne Aussicht, die sich ihnen bot, und ich hatte keine Lust mehr aufs Wandern. Aber ich musste weiter. Wir gingen ein Stück über die Brandsteins Ebene zurück und kamen am Pilgramsrot wieder heraus.

Jetzt näherten wir uns meiner Begierde, dem Grund, warum ich die Strapazen immer wieder auf mich nahm. Mein Vater musste – auch das gehörte zur Wanderung – den Staub aus seiner Kehle spülen, und so kehrten wir in seiner Stammkneipe ein, beim Herzog Schorsch. Endlich wurde ich für die Qualen meines sonntäglichen Spaziergangs belohnt: Ich durfte mir ein Wiener Würstchen und dazu eine Sinalco bestellen.

Das Festmahl kostete ich aus, aber wenn wir dann nach dem letzten Stück des Weges zu Hause ankamen, fragte ich mich meistens im Stillen: Hatte sich die Strapaze für ein kleines Würstchen gelohnt? Hätte für den Durst nicht auch ein Glas Leitungswasser genügt?

Die kranken Gurken

Weitramsdorf b. Coburg

$\mathcal{M}$eine Schwester Bärbel radelte nach Altenhof, um sich mit unserer Cousine Silvia zu treffen. Sie wollten schwimmen gehen und sich austauschen, was es Neues in Coburg gab und welch toller Junge momentan das Rennen bei den Mädels machte.

Es gab viel zu erzählen, und die Zeit verging wie im Flug, bis sich ein Dritter in das Gespräch der Mädchen schlich: Bärbels Magen, der signalisierte, dass es an der Zeit war, etwas Essbares nachzuliefern. Vom Hunger getrieben, packten die Mädchen ihre Schwimmsachen zusammen und radelten los.

Verschwitzt stellten sie ihre Fahrräder ab und betraten die Küche, in der Tante Gunda mit roten Bäckchen am Küchenherd stand und an einem riesig großen Topf herumhantierte. Die nassen Haare fielen ihr über die Augen, sodass sie kaum etwas sah, aber ihre Hände arbeiteten eifrig an einem Berg kleiner grüner Gurken.

Sie war mit Gurkeneinmachen beschäftigt und empfing die beiden Mädchen mit den Worten: „Ach, da seid ihr ja, welch ein Glück für die

Gurken und für mich. Lauft doch schnell einmal ins Dorf und besorgt mir Gurkendoktor!"

Nachdem die Mädchen ein herzhaftes Wurstbrot gegessen hatten, drückte Tante Gunda ihnen ein paar Groschen in die Hand und schickte sie los mit den Worten: „Beeilt euch bitte, damit ich mich weiter um die Gurken kümmern kann."

Bärbel und Cousine Silvia stiegen wieder auf ihre Fahrräder. Unterwegs rätselten sie, was den armen Gürkchen wohl fehlte, dass sie einen Arzt benötigten. Vielleicht seien sie von einem bösen Wurm befallen, denn man wisse ja nicht, was im Erdboden so kreuche und fleuche.

„Egal", sagte meine Schwester, „sie brauchen eben ärztliche Hilfe, und da müssen wir uns beeilen."

Sie konnten sich aber nicht einigen, wer nun den Arzt bitten sollte, die kranken Gurken zu untersuchen. Bärbel war der Meinung, Silvia müsse in die Praxis gehen. Silvia dagegen bat Bärbel, mit reinzukommen, falls der Doktor ihr nicht glauben sollte.

Gemeinsam, sich an den Händchen haltend, betraten sie die Praxis des Dorfarztes. Das Wartezimmer war bis auf den letzten Platz gefüllt, aber da sie es wegen der Gurken eilig hatten, schlichen sie zur Anmeldung und flüsterten der Sprechstundenhilfe ihren Notfall ins Ohr. Diese starrte die Mädchen mit weiten Augen an und brach dann in schallendes Gelächter aus.

„Herr Doktor, schnell!", rief sie. „Die beiden jungen Damen haben kranke Gurken zu Hause und benötigen dringend Ihre Hilfe."

Mittlerweile lachten auch die anwesenden Patienten.

„Gurkendoktor ist ein Gewürpf, das man zum Einmachen benötipft", sagte eine alte Dame und richtete ihre lose Zahnreihe.

Nachdem ein weiterer Patient die Erklärung der alten Dame in verständliche Sprache übersetzt hatte, wünschten sich Silvia und Bärbel nur noch, in den Fußboden versinken zu dürfen. Leider tat sich der Boden nicht auf, und mit feuerroten Köpfen schlichen sie aus der Arztpraxis.

Sie holten den Gurkendoktor da, wo man ihn bekommen konnte, nämlich im Tante-Emma-Laden. So wurden die Gürkchen am Ende auch ohne ärztliche Hilfe gerettet.

Der Mai ist gekommen

Welch wunderschöner Monat! Wie hatten wir Kinder uns nach dem kalten und schneereichen Winter auf den Frühling gefreut. Endlich war es so weit. Die Schneeglöckchen machten den duftenden Maiglöckchen Platz, und die fleißigen Bienen sammelten schon den Nektar aus den Weidenkätzchen. Im Hofgarten blühten die Veilchen, und wo wir im Januar noch mit unseren Schlitten den Hang hinuntergerodelt waren, waren der kleine Berg und das Tal blitzeblau von der Blumenpracht. Das Veilchental nannten wir es.

Heute schien dazu noch die Sonne, und ich wollte den Frühlingstag genießen, endlich die Zeit haben, bewusst zu sehen und in meinem Herzen zu spüren, was der schöne Monat Mai mir bot.

Mein Sonntagsspaziergang führte mich vom Schlossplatz durch den Hofgarten hinauf zur Veste. Es berührte mich, die Natur erwachen zu sehen. Die Bäume hüllten sich in zartes Grün, und ich spürte ihre Kraft, schnell erwachsen zu werden, um uns Schutz vor der prallen Sommersonne zu schenken.

Ich holte Luft, beglückt vom Duft der Veilchen und des zart wachsendes Grases. Das Lied von Paul Gerhard fiel mir ein, in dem er seiner Frau, deren Seele krank war, den Rat gab: „Geh aus mein Herz und suche Freud in dieser schönen Sommerzeit."

Ich sang dieses zu Herzen gehende Kirchenlied und hoffte inständig, dass es der kranken Seele damals Trost gespendet hatte. Mich machte das Lied glücklich, und selbst die Vögelchen, gerade aus dem Ei geschlüpft, piepsten mit ihren dünnen Stimmchen, als wollten sie mit mir zusammen singen.

So erfüllt war ich von dieser Schönheit der Natur, dass ich mir eine freie Bank suchte, um mich zu setzen und alles in mich aufnehmen zu können.

Nebenbei verspeiste ich das Butterbrot, das ich dabeihatte, um Kraft für den Rest meiner Wanderung zu schöpfen. Der Festungsberg ist kein Hügelchen, sondern er war für mich immer ein Pusteberg, weil ich viel Luft brauchte, um oben anzukommen.

Endlich war es geschafft! Ich war an der Burg angekommen und wurde tausendmal für meine Anstrengung – es ging ja ständig bergauf – belohnt. Der Blick vom Festungsturm hinunter auf das in einem Tal liegende Coburg war so schön, dass ich wirklich die Freude im

Herzen empfand, die in Gerhards Lied besungen wird.

Auf der linken Seite der Veste sah ich den Eckardsberg mit seinem kleinen Türmchen, das sich stolz in Richtung Himmel streckte, als sei es ein Turm des Kölner Doms. Nicht zu fassen – die Eupenstraße, mein Zuhause, lag zu meinen Füßen und war doch so fern. Das Spannendste aber war, dass ich in die sogenannte Ostzone sehen konnte, immer auf der Lauer, Menschen zuwinken zu können, und dabei nicht verstand, dass wir uns nicht besuchen durften. Dieser Blick nach drüben war mir unbegreiflich, und auch an diesem Tag fühlte ich ein Kribbeln im Bauch. Schaurig und schön zugleich.

Ich richtete meinen Blick noch mal ins Tal, auf die roten Dächer der Stadt, sah meine Moritzkirche und fühlte mich zu Hause angekommen. Glücklich und zufrieden machte ich mich auf den Heimweg, schlenderte durch den Hofgarten zurück. In den Wiesen winkten mir Margeriten und Glockenblumen zu und luden mich ein, ein Schläfchen bei ihnen im Gras zu halten. Das ließ ich mir nicht zweimal sagen!

Es dämmerte bereits, als ich aufwachte, weil mir ein Maikäfer über die Nase lief. Innerlich verabschiedete ich mich von dem wunderschönen Tag und ließ ihn mit einer echten Coburger Spezialität ausklingen: einer auf Kühle gebratenen Wurst auf dem Marktplatz.

Heute wohne ich am Niederrhein, und seit meine Eltern nicht mehr leben, bin ich leider nur selten in meiner Heimatstadt. Aber die Sehnsucht nach ihr ist mein ständiger Begleiter. Ich vergesse nie die Schönheit dieser Landschaft und fühle mich geborgen und glücklich, wenn ich mein Coburg ab und zu besuchen darf.

Viel Spaß im Sommerbad

*W*enn es draußen langsam wieder wärmer wurde, freuten wir Kinder uns schon auf die kommende Badesaison. Das sogenannte Sommerbad erwachte aus seinem Winterschlaf und öffnete seine Pforten für die schönste Freizeitgestaltung, die diese Jahreszeit uns bot.

Ich konnte noch nicht schwimmen, aber das Planschen im „Nichtschwimmer" erfüllte auch seinen Zweck, Hauptsache, es war kühl und nass. Also tat ich so, als wäre ich die tollste Schwimmerin der Welt. Dazu stellte ich ein Bein auf den Beckengrund, mit dem anderen hüpfte ich, die Arme ließ ich wild durch die Luft wedeln und durchs Wasser pflügen, dass es nur so spritzte. Ich wollte, dass die Jungs auf der Liegewiese dachten: „Mann, kann die toll schwimmen!"

Die Freibäder waren Ende der Fünfzigerjahre noch nicht mit allen Sicherheitsauflagen der heutigen Zeit gebaut. Man begnügte sich damit, dass das Wasser im Becken nicht versickerte, und benutzte Teer, um die Ränder wasserdicht zu bekommen. Wenn dann die

Sonne richtig vom Himmel knallte, verdunstete das Wasser im Bassin, und die schwarze Teerschicht kam zum Vorschein. Sie fühlte sich, aufgeweicht durch die Hitze, wie schwarzer Knetgummi an. Das brachte mich auf eine tolle Idee.

Ich sah so gern, wenn jemand ein Pflaster am Knie hatte oder sogar den Arm in Gips trug. Oder durfte es vielleicht eine Augenklappe sein? Ich hätte so gerne eins von den drei Angeboten besessen, aber ich fiel immer so günstig, dass ich kein Pflaster oder gar einen Gips brauchte.

Aber heute hatte ich die Chance, endlich zu einer Augenklappe zu kommen – sogar in Schwarz. Ich probierte aus, ob sich aus der schwarzen Masse eine Augenklappe formen ließ, löste eine Handvoll davon aus dem Beckenrand. Es funktionierte. Ich formte ein rundes Teil und hörte nicht auf zu kneten, bis dieses Kunstwerk das Aussehen einer Piratenklappe hatte. Voll Stolz auf mein Werk, presste ich das Gebilde auf mein rechtes Auge und stolzierte über die Liegewiese, flanierte zwischen den Sonnenanbetern hindurch, schielte mit meinem linken Auge auf den blonden Dieter, der mir zuvor Blicke zugeworfen hatte. Lässig auf mein Handtuch drapiert, bemerkte ich mit Genugtuung, dass das Gebilde auf meinem Auge schon seine Wirkung entfaltete, denn immer häufiger rollte Dieters Ball auf meine Decke.

Als meine Freundinnen mein Auge erblickten, das wahrscheinlich aussah wie ein mit Teer aufgefülltes Schlagloch, waren sie sprachlos. So viel Dummheit hatten sie wohl nicht von mir erwartet. Warum sie so reagierten, verstand ich allerdings erst, als ich mein künstlerisches Werk wieder entfernen wollte. Es ging nicht mehr ab! Der Teer hatte sich in meine Wimpern und Augenbrauen gefressen. Meine Freundinnen riefen den Bademeister zur Hilfe, aber auch der konnte nichts weiter ausrichten, als einen Krankenwagen zu bestellen, nachdem er mir ordentlich die Leviten gelesen hatte.

In den nächsten Wochen war an das Sommerbad nicht mehr zu denken. Ich hatte keine Wimpern und Brauen mehr, und mein Auge sah tagelang aus wie nach einem verlorenen Boxkampf. Es war geschwollen, und man konnte von meinem Augapfel nichts mehr sehen. Dafür hatte ich einen dicken Verband.

Endlich war das in Erfüllung gegangen, was ich mir so sehnlichst gewünscht hatte – mit einem kleinen Fehler: Die neue Augenklappe war leider nicht schwarz, sondern weiß.

PS: Seit dieser Begebenheit lasse ich die Korrektur der Augenbrauen von einer Kosmetikerin durchführen, was nicht weniger schmerzhaft, aber im Ergebnis sehenswerter ist.

PPS: Mit Dieter traf ich mich noch ein paar Mal, bis es ein schnelles Ende nahm, nachdem er dreimal in einer Woche die gleiche Cordhose getragen hatte.

Sommerferien

*M*it Beginn der großen Ferien stellte sich immer die gleiche Frage: „Was fangen wir mit dieser langen und kostbaren Zeit an?"

Meistens gehörte sie auch dem Alltag mit den üblichen Pflichten, aber es gab doch zwei Zeichen, an denen ich merkte: „Hurra, wir haben Ferien!" Ich durfte morgens ein wenig länger schlafen und abends etwas später zu Bett gehen.

Einmal wurde dieser Kreislauf unterbrochen mit den Worten meiner Eltern: „Sabine, du und Peter, ihr dürft in den Ferien zu Onkel Fritz und Tante Emma nach Beiersdorf fahren. Sie freuen sich schon sehr auf euer Kommen."

Ich allerdings war überhaupt nicht begeistert, denn erstens kannte ich beide nur aus Erzählungen, zweitens war Beiersdorf ein kleines Kaff in der Ostzone. Was konnte es da schon Aufregendes geben?

Alles Flehen und inständige Bitten nützte nichts, widerwillig packten wir unsere Koffer. In alle Ritzen stopften wir Nivea Creme und unzerbrechliche Kämme. Tante und Onkel hatten ein kleines Friseurgeschäft, und solche

Raritäten waren nicht erhältlich, es sei denn, Verwandtschaft aus dem Westen brachte statt Blumen solche Kostbarkeiten als Gastgeschenk mit.

Wir wurden am Bahnhof herzlich begrüßt, Tante Emma und Onkel Fritz freuten sich sehr, als wir ankamen, und verwöhnten uns, wo immer es ging. Trotzdem konnten sie unser Heimweh nicht lindern. Wenn ich abends im Bett heulte, weinte mein Bruder mit. Alles half nichts, Peter hörte auf zu essen und jammerte stets: „Ich will nach Hause, ich halte es nicht mehr aus."

Tante und Onkel hielten das Schluchzen auch nicht mehr aus, und sie beschlossen, Peter nach einer Woche nach Hause zu schicken, bevor Schlimmeres passierte. Ich wollte natürlich auch mit, aber ich ließ mich mit brauner Limonade ködern. Sie schmeckte ekelhaft, aber es war eben Limonade, und das zählte. Vielleicht würde es noch mehr Süßigkeiten für mich geben! Ich war bereit, die restlichen drei Wochen zu bleiben.

Die Zeit schlich dahin, und dass sie wirklich verging, merkte ich nur an den sonntäglichen Kirchgängen, zu denen mich der Pastor persönlich einlud, denn ein Westkind verirrte sich kaum einmal in seine Kirche. Da es sich außerdem um den Kindergottesdienst handelte, freute ich mich immer auf den Sonntag. Gleichzeitig zählte ich die Sonntage bis zu meiner Heimfahrt.

Der letzte Kirchgang vor meiner Abreise war gekommen, da bat mich der Dorfpfarrer, doch nach dem Gottesdienst einen Augenblick in der Kirche zu verweilen, um ihm ein wenig zu erzählen, wie das Leben bei uns in Westdeutschland war. Er ging nur kurz, um sich in der Sakristei umzuziehen.

Also wartete ich geduldig in der Kirche, schaute mich in der Zeit des Wartens ein wenig im Gotteshaus um, betrachtete die Orgel, den Altar, las in den dort liegenden Gesangbüchern. Nach einer gewissen Zeit stellte ich mit Erschrecken fest, dass ich schon sehr lange hier ausharrte. „Der Pastor braucht aber lange, um sich in der Sakristei umzuziehen", ging mir durch den Kopf. Alles war mucksmäuschenstill, und mich beschlich ein wenig Angst.

„Herr Pfarrer", rief ich leise, und nachdem ich keine Antwort bekam, wurde mein Rufen immer lauter und ängstlicher. Ich rüttelte an der Tür und begriff. Ich war allein in der Kirche zurückgeblieben, die Tür war verschlossen!

Musste ich bis zum nächsten Sonntag hier ausharren? Bis zum nächsten Gottesdienst?

Vielleicht hatte ich Glück und es gab eine Beerdigung vor dem Sonntag? Ging nicht. Ich konnte nicht warten, ich könnte verhungern und verdursten, und die Kirchenbänke luden auch nicht zum Schlafen ein, sie waren zu hart. In der Not könnte ich mich von den Hostien ernähren, um den Hunger zu stillen, und gegen den Durst gab es Jesu Christi Blut in Form von Wein. Oder war es vielleicht doch Essig, wie Tante Emma behauptete?

Also, was tun? Da kam mir die rettende Idee! Wozu gab es die Kirchenglocken, außer dass sie zum Kirchgang auffordern sollten? Sie würden mir aus meiner miesen Lage helfen, ich musste nur den Weg zum Glockenturm finden.

Ich irrte von Bank zu Bank, von Tür zu Tür, und endlich fand ich den rettenden Aufgang, stieg die steilen Treppen hinauf. Atemlos oben angekommen, sah ich das Seil, an dem die Glocken befestigt waren. Ich hatte nur einen himmlischen Wunsch: diese zum Läuten zu bringen. Es gelang mir, diese Riesen zu bewegen, indem ich mich mit all meiner kindlichen Kraft an das Seil hängte und mich von dem Gewicht abwechselnd hochheben und wieder auf den Boden zurücksetzen ließ.

So bewirkte ich, dass die Glocke ihren zweiten sonntäglichen Einsatz hatte. Die

Menschen im Dorf erschraken bestimmt und rätselten, welch Unglück das Dörfchen wohl heimgesucht hatte, dass die Stimme Gottes auf Erden sie erneut riefe. Aber einer wusste sofort Bescheid: der Herr Pastor! Er kam mit wehendem Talar, den er vergessen hatte auszuziehen, in die Kirche geflitzt, um mich zu befreien. Er hatte mich schlicht und einfach sitzengelassen.

Nach all der Aufregung hatte ich keine Lust mehr, seine Neugier zu stillen. Mein nächster Gottesdienst war erst wieder zu Hause in meiner Moritzkirche, da kannte ich mich für den Notfall aus.

Besuch bei Herrn Ganter

Wieder einmal rückten die langen Sommerferien heran, für manche Schulkameraden ein Grund zu großer Freude. Einige Kinder fuhren mit ihren Eltern nach Italien, andere in den Schwarzwald.

Ich hörte ihnen voller Sehnsucht zu, wenn sie davon erzählten, und in meinen Kopf packte ich mein Köfferchen, um gedanklich mitfahren zu können.

Leider nur imaginär, denn die Wahrheit meiner Ferientage kannte ich nur zu gut. Meinen Ferienort konnte man erwandern oder mit dem Fahrrad erreichen.

Der Bauernhof meiner Großmutter war nur zwölf Kilometer von der Eupenstraße entfernt. Der Weg dorthin führte durch den Saugrund über Weidach und Weitramsdorf nach Altenhof, immer durch den Wald. Elfen und Zwerge begleiteten mich auf meiner Wanderung entlang dem Bach, wo ich das Butterbrot verspeiste, das meine Mutter mir mitgegeben hatte.

Aber in diesem Jahr war alles anders. Meine große Schwester Bärbel kam mit, um bei der Ernte zu helfen, und da sie nicht gerne wanderte, spendierte sie mir die luxuriöse Postbusfahrt von Coburg nach Altenhof.

Meine Arbeit auf dem Hof war schlicht und einfach: Gänsehüten. Statt im Mittelmeer zu tollen, lag ich den ganzen Tag auf der Wiese, mit einer Rute bewaffnet, und passte auf, dass alle Gänslein zusammen blieben. Eine verantwortungsvolle Aufgabe – und total spannend! Am Abend musste nicht nur ich selbst im Bottich abgeschrubbt werden, sondern auch die Bluse, statt mit Blümchen mit Gänsekacke gemustert.

Der Bauernhof meiner Großeltern war urig, und auf dem Hofplatz dampfte ein großer Misthaufen. Musste man auf die Toilette, ging's erst durch den Gänsestall, den ein riesiger Ganter mit seinen Gänseweibern beherbergte. Der war stets angriffslustig, wenn man ihn in seinem Harem störte, und wir trauten uns nicht, diese Gantersuite ohne Begleitung zu betreten. Gehen? Nein, wir flitzten, so schnell wir konnten, um nicht den Zorn dieses hinterhältigen Machos zu wecken.

Eines Abends, es dämmerte bereits, bat mich meine Schwester, sie auf das stille Örtchen zu eskortieren. Gesagt, getan. Ich ging bis zur Stalltür und wartete dort geduldig, bis meine Schwester wiederkam.

Plötzlich hörte ich ein Gepolter und die Worte: „Hau ab, du ekelhaftes Vieh! Lass mich los! Muttile, hilf! Muttile, hilf!"

Und eh ich begriff, was geschehen war, kam Bärbel in Begleitung dieses Herrn Ganters aus dem Gänsestall. Mitnichten vornehm in Arm und Flügel, nein, der Herr hatte sich erlaubt, meine Schwester am Hintern zu packen, und ließ sie nicht mehr los.

So rannte sie nun über den ganzen Hof, Herrn Ganter am Gesäß und wild nach unserer Oma rufend. Wer sie letztendlich befreit hat, weiß ich nicht mehr, aber freiwillig hat Ganti bestimmt nicht losgelassen.

Bärbel konnte eine Zeit lang nicht auf ihrem Po sitzen, und aufs Klo wollten wir auch nicht mehr.

Am nächsten Tag fuhren wir nach Hause zurück, mit dem Postbus, wegen der „ach, so schlimmen Verletzung". Im Bus gab es einen Sitzplatz mehr, über den sich die Fahrgäste freuten, die sonst hätten stehen müssen.

Die Ferien gingen zu Ende, und unser Lehrer Herr Möckel wollte von den Schülern wissen, wo sie ihre schulfreie Zeit verbracht und was sie erlebt hatten.

Als ich an der Reihe war, erzählte ich natürlich nichts von meinem tollen Urlaubsort, nur so viel: Ich war in Oberfranken. Ich sagte nichts von Altenhof, damit die Mitschüler dachten: Vielleicht war Sabine in Amerika.

Beim Friseur

*E*in schöner Sommertag. Die Sonne schien, und es war zu warm zum Spielen. Fangen, Verstecken, Völkerball? All das ließ bei diesen Temperaturen den Schweiß treiben. Also, was nun? Barfuß durch den Bach waten? Nein! Die Blutegel hatten mich zum Fressen gern, ich sie aber nicht. Freibad? Ne, kostete zwanzig Pfennig. Ein Vermögen. Hatte ich auch nicht. Ich überlegte noch, wie ich sie mir verdienen könnte, als meine Freundin Dietlinde um die Ecke kam. Sie hatte wunderschöne blonde Locken, und bei dem Anblick kam mir die zündende Idee!

Nach kurzem Nachdenken, was wir tun könnten – hauptsächlich überlegte Dietlinde, ich hatte ja eine super Idee –, sagte ich zu ihr:

„Linde, was hältst du davon, wenn wir Friseur spielen?"

„Wie geht das denn?" Sie schüttelte ihre Locken.

„Ganz einfach: Du setzt dich hinter den Reisighaufen, ich hole eben Kamm und Bürste, dann bin ich dein Friseur und zaubere dir eine supertolle Frisur."

Gesagt, getan. Ich war im Nu wieder im Garten, mit Kamm und Bürste gewappnet, und – was ich Dietlinde nicht erzählte – in meiner Schürze hatte ich eine Schere versteckt. Für alle Fälle. Ich konnte nie wissen, vielleicht musste am Pony auch noch ein bisschen gearbeitet werden.

„Also, setz dich jetzt und beweg dich nicht, damit ich mich ans Werk machen kann."

Meine Freundin folgte der Aufforderung. Nach ein bisschen Bürsten und Kämmen war ich tatsächlich der Meinung, der Pony brauche einen professionellen Schnitt. Also kam die Schere zum Einsatz.

„Was machst du da?", flüsterte Linde und schielte angestrengt nach oben.

„Halt still! Ich muss deinen Pony schneiden, der ist ein wenig zu lang, du kannst ja kaum noch etwas sehen", versuchte ich sie zu beruhigen.

Leise und mit fast weinerlicher Stimme sagte sie: „Ich kann aber gut sehen."

„Einmal muss ich noch korrigieren, sonst ist dein ganzer Pony krumm", sagte ich und schnippelte weiter. Leise rieselte Millimeter um Millimeter Haar zu Boden. Endlich war mein Werk fertig.

Als ich Dietlinde den Spiegel vorhielt, heulte sie und bat mich inständig, aufzuhören.

Von ihrem Pony war fast nichts mehr übrig. Auch ihre schönen Locken waren nicht mehr die, mit denen sie gekommen war. Ich fand, für meinen ersten Versuch war es gar nicht schlecht geworden. Selbstbewusst streckte ich ihr meine Hand entgegen und forderte meine zwanzig Pfennig Lohn. In Gedanken war ich schon im Freibad. Aber daraus wurde nichts. Ohne mich zu bezahlen, lief meine Freundin weinend nach Hause, und ich hatte Hausarrest.

Aber das Verbot, das mir mein Vater auferlegte, nutzte nicht viel. Ich sprang aus dem Fenster auf den Reisighaufen, und um mich von der schweren Arbeit abzukühlen, nahm ich nun doch ein Bad. Zusammen mit meinen Freunden, den Blutegeln.

Das ewige Thema

*W*as gibt es heute zu essen?" Das war meine erste Frage, wenn ich aus der Schule kam. Jedes Mal hoffte ich auf ein kulinarisches Wunder, aber meistens blieb es beim Hoffen.

Das frühere Zuhause meiner Stiefmutter war der Bauernhof ihrer Eltern in Altenhof. Dort aß man, was der Hof bot. Gemüse, Salat vom Feld, und natürlich wurde auch so manches Schwein geschlachtet.

Damit uns Kindern nicht so sehr auffiel, dass unser Schwein nicht mehr im Stall wühlte, bekam das nachfolgende Ferkel immer den Namen des verstorbenen Schweins: Jolante.

So gab es in meiner Kindheit Jolante eins bis Jolante unendlich. Selbst die Gänse, die ich in den Sommerferien hütete, mussten dran glauben. Auch die Hühner verschonte man nicht, und wenn sie mühsam gefangen wurden, flatterten sie aufgeregt und gackernd über die Wiese.

Aus dieser Vielfalt an Lebensmitteln kochte meine Stiefmutter so manches „gesunde" Mittagsmahl. Sehr deftig, mit einem Berg von Zwiebeln, und natürlich durfte Jolantes Speckschwarte nicht fehlen.

Ich aber war ein Stadtkind und solch opulentes Mittagsmahl nicht gewohnt. Nudeln mit brauner Butter und Zucker waren meine Leibspeise. Ich liebte Reisbrei mit Zimt und Zucker, und für mit Marmelade gefüllte Eierkuchen spülte ich freiwillig nach dem Essen das Geschirr.

Es war wieder einmal so weit: Als ich aus der Schule kam, roch ich es schon. Ohne dass ich fragen musste: „Was gibt es heute zu essen?" Es roch nach Sauerkraut, und das bedeutete, auch die Füße von Jolante wurden mit dem Kraut zusammen gekocht. Ob die Borsten und Krallen noch an den Füßen waren, störte niemanden. Nur mich.

Am liebsten hätte ich die Flucht ergriffen oder bis zum Abend gehungert. Aber auch die vorgetäuschten fürchterlichen Bauchschmerzen halfen nichts, denn die kannte meine Stiefmutter. So saß ich vor meinem Teller, und mir wurde schon beim Anblick übel. Ich brachte keinen Bissen hinunter, das Essen in meinem Mund wurde immer mehr! Weder das gute noch das böse Zureden meiner Stiefmutter half. Alles in mir sträubte sich, die gefüllte Gabel auch nur in die Nähe meines Mundes zu lassen.

Die Stiefmutter sah sich dieses Spiel mit Messer und Gabel eine Weile an. Als ich anfing, mit dem Kraut und den Schweinefüßen Straßen und Gebäude zu formen, nahm sie kurzerhand meinen Teller und das Besteck vom Tisch und forderte mich auf, ihr zu folgen. Ich war gespannt. Wohin sollte es gehen?

Sie verließ die Wohnung, zog mich hinter sich her, und als wir die Treppen zum Dachboden hinaufstiegen, wurde mir klar, dass es nichts mit Spielen werden würde. Ich musste mich auf einen einsamen Nachmittag einstellen.

„So, da bleibst du, bis du deinen Teller leer gegessen hast. Wenn du damit fertig bist, kannst du wieder nach unten kommen." Das waren ihre Worte, als sie mich einschloss und verließ.

Mein Herz begann vor Angst wie wild zu klopfen. Ich war eingesperrt und allein, konnte mich nicht selbst aus dieser Situation befreien. Widerwillig beschloss ich, doch zu versuchen, meinen Teller zu leeren. Ich kaute und kaute, aber es gelang mir nicht.

Die Zeit verging, meine Tränen trockneten, und irgendwann begriff ich meine Lage: Ich hatte meinen Teller nicht geleert, also musste ich ausharren, bis sich eventuell ein Mäuschen des Essens erbarmte. Aber das konnte dauern! Es wurde dunkel, ich fror, und die Angst ließ mein Herz wieder schneller schlagen. Ich beschloss, mir aus alten Matratzen ein Bett für die Nacht zu bauen. Als ich mich nach etwas Brauchbarem umsah, entdeckte ich endlich den Weg aus meiner Not: eine leere alte Blechdose.

„Danke, lieber Gott, dass du mir geholfen hast!" Ich nahm meinen gefüllten Teller, leerte den Inhalt in die Dose und versteckte sie zwischen dem alten Gerümpel.

Mittlerweile war es stockdunkel, und meine Stiefmutter kam doch noch, um nach mir zu sehen. Sie deutete auf den geleerten Teller und sagte: „Siehst du, wenn man nur will, dann geht es auch."

Ich entgegnete nichts und lief ganz schnell in die Wohnung, bevor sie vielleicht die Blechdose entdeckte und ich dann doch noch die Nacht mit unangenehmen Gesellen auf dem Speicher verbringen musste. Ich war befreit!

Die Umstände meiner Befreiung erkannte meine Stiefmutter später, beim Aufräumen des Speichers, als sie die Dose mit dem inzwischen ungenießbaren Sauerkraut samt Schweinefüßchen fand.

Hätte man das Mahl noch essen können, wäre wahrscheinlich der nächste spielfreie

Nachmittag fällig gewesen, und ich hätte in der Einsamkeit des Speichers wieder Essversuche unternehmen müssen.

Für mich war dieses Erlebnis der Nährboden für Ängste, die ich im Lauf des Lebens hatte. Für meine Stiefmutter war es eher eine Anekdote, die sie immer wieder erzählte, um Lacher dafür zu ernten.

„Da komme ich auf den Speicher, um nachzusehen, wie Sabine wohl den ganzen Nachmittag verbracht hat, und stell dir vor, sie hat sich schon ein Nachtlager bereitet."

Die blauen Skier

Wenn der Winter langsam Einzug hielt und Weihnachten sich näherte, hatte ich schon sehr lange einen Herzenswunsch: ein paar eigene Skier, die nur mir gehörten und die ich nicht mit meinen Geschwistern teilen musste.

Ich hatte öfters mit dem lieben Gott verhandelt, was ich denn Besonderes tun müsste, damit dieser Traum endlich in Erfüllung ginge. Aber bisher hatten meine abendlichen Gespräche mit ihm kein Gehör gefunden. Doch ich gab die Hoffnung nicht auf. Ich würde die Bitte nur ein wenig in meinem Herzen einsperren, um sie zur passenden Zeit wieder ans Tageslicht zu holen.

Ein Jahr war vergangen, und das Christkind flog seine Runden, um bei braven Kindern die so heiß gehegten Träume einzusammeln.

„Sabine, lass mich aus deinem Herzchen, wir können es doch erneut versuchen, und vielleicht stehen unter dem Christbaum dann deine so heiß ersehnten Skier", sprach mein Wunschgeist, und ich ließ den Herzenswunsch aus seinem Versteck.

Heiligabend rückte näher, und damit das Christkind mich nicht übersah, wiederholte ich bei jedem abendlichen Gebet, dass es meine Skier ja nicht vergessen solle. Ich war das ganze Jahr über fast immer artig gewesen, hatte im Haushalt meiner Mutter geholfen, gute Noten aus der Schule mitgebracht! Könnte es da noch einen Grund geben, mir diese Bitte abzuschlagen? Nein!

Also schrieb ich meinen Wunschzettel nochmals. Ich malte ein schönes Bild dazu, und ich glaubte, nach so langem Warten und Wünschen würde mir ein Engel, der den Himmelsberg auf die Erde hinabfahren konnte, die Skier bald persönlich bringen. Ein paar Tage vor Heiligabend konnte ich kaum noch schlafen, und im Traum raste ich schon die steilsten Hänge hinab.

Endlich war es so weit! Die Tür zum weihnachtlich geschmückten Zimmer öffnete sich, ein zartes Glöckchen sagte uns: „Kommt herein, ihr lieben Kinderlein!", und das musste es uns nicht zweimal läuten.

Ich traute meinen Augen nicht! Ganz nah am Christbaum an die Wand gelehnt, stand ein Paar himmelblaue Skier, mit roten Bergen an der Spitze, und ich glaubte zu hören, dass sie mich zu sich riefen mit den Worten: „Zieh uns doch mal an, um zu sehen, ob wir dir auch passen!" Ich lief, nein, ich rannte glücklich auf die Skier los und konnte es kaum fassen, dass mein Herzenswunsch nach etlichen Jahren endlich erfüllt wurde.

Da hörte ich eine Stimme von weit her: „Sabine, was hast du da an deinen Füßen? Bitte ziehe die Schneeschuhe wieder aus! Sie gehören nicht dir, die hat sich dein Bruder Jochen gewünscht. Dein Geschenk liegt dort auf dem Gabentisch." Ein Paar braun gestreifte Hausschuhe mit einer dicken braunen Bommel an der Schuhspitze.

Ich habe meinen Herzenswunsch nie erfüllt bekommen, und der einzige Trost für mich war, dass mein Bruder mich ab und zu mit seinen Skiern fahren ließ. Aber nur, wenn ich für ihn das Geschirr abtrocknete.

PS: Bis heute kann ich solche praktischen Geschenke nicht sehen. Braun gestreifte oder karierte Hausschuhe mit Bommel kommen mir nicht ins Haus, und sollte ich noch so kalte Füße haben!

Klein-Amerika

*D*ie Winterzeit begann in meiner Heimat immer sehr früh, oftmals hatten wir Mitte November schon Schnee. Und am Stadtrand von Coburg, wo wir wohnten, blieben die Schneeflocken länger liegen als in den befahrenen Straßen der Innenstadt.

Für uns Kinder war das eine große Freude. Schnell wurden die Schlitten aus dem Keller geholt, damit wir möglichst lange fahren konnten, bevor die weiße Pracht wieder vorüber war. Und manches Mal war der nächste Regenschauer schon da, wenn wir mit Schlitten bepackt ins Freie kamen.

Aber meistens hatten wir Glück und genossen all die Möglichkeiten, die der Schnee uns schenkte.

Ein besonderes Ereignis war es, dass ich endlich die Skier anschnallen konnte, um in „Klein-Amerika" meine Skikünste vorzuführen, wenn genügend Schnee gefallen war. Ach, es war herrlich, die Hügel hinabzusausen und über die selbst gebauten Sprungschanzen zu fliegen! Na ja, es war eigentlich eher ein kleines Hüpferchen. Aber stolz wie Oskar, es geschafft zu haben, stieg ich immer wieder mühevoll den Hügel hinauf, um erneut mein Können zu demonstrieren. Warum dieses Gebiet „Klein-Amerika" genannt wurde, weiß ich nicht, aber der Name hat sich bis heute nicht geändert.

Als ich mich wieder einmal genug ausgetobt hatte und die Skihose nass und kalt war, weil mein Po häufig Kontakt mit dem weißen Element gehabt hatte, machte ich mich auf den Heimweg. Es dunkelte bereits, und ich beeilte mich, nach Hause zu kommen.

Das hatte einen besonderen Grund: Mein Vater hatte die Angewohnheit, aus dem Fenster zu schauen, bis er mich kommen sah, wenn ich noch nicht zur vorgeschriebenen Zeit eingetrudelt war. Das kannte ich und wollte die Gelegenheit nutzen, um ihm mein neues und mühsam geprobtes Können zu zeigen.

Zu unserem Haus führte ein Hohlweg, und diesen musste ich hinunterfahren. Da er ziemlich steil war, gehörte eine Portion Mut dazu. Aber ich hatte den ganzen Nachmittag geübt, deshalb tat ich meine Bedenken ab, es nicht zu schaffen. Warum sollte ich an mir zweifeln?

Ich sah meinen Vater wie erwartet am Fenster, und nachdem ich einige Male „Vati, Vati!" gerufen hatte, winkte er mir zu, was so viel bedeutete wie: „Nun fahr schon, ich sehe dich ja."

Stolz bretterte ich los, und bis kurz vor dem Ziel hielt ich mich, als wäre ich mit Skiern an den Füßen geboren worden. Aber dann ... Oh, ich konnte auch aus dem Schnee mit einem Stock fantastisch wedeln und meinem Vater mit der anderen freien Hand huldvoll zuwinken. Mühsam rappelte ich mich auf und verkündete mit rotem Kopf, nächstes Mal würde es bestimmt klappen.

Wenn mein Vater nicht aus dem Fenster schaute, hat es natürlich immer geklappt!

Schwarze Punkte

*A*u, tu mir nicht so weh!"

Meine Schwester Barbara zerrte den Kamm durch meine zerzausten blonden Locken. „Stell dich nicht so an! Wir haben keine Zeit! Die Besuchszeit fängt gleich an."

Jeden Sonntag besuchten wir unsere krebskranke Mutter im Krankenhaus. Die Besuchszeiten waren streng begrenzt. Von zwei bis vier Uhr. Meine Schwester hatte es sich zur Aufgabe gemacht, mich hübsch zu machen, um unserer Mutter eine Freude zu bereiten. Immer wenn wir sie besuchten, vergaß sie ihre Schmerzen und weinte nicht mehr.

Es gab kein Entrinnen. Nach zehn Minuten Nahkampf zwischen Kamm, Barbara und mir war es endlich geschafft. Aus mir war ein sauberes kleines Mädchen geworden. Während Bärbel sich selbst schick machte, schlich ich aus dem Haus ins Freie. Ich wollte noch ein bisschen spielen.

Wenig später hörte ich meine Schwester entsetzt aufschreien. „Was machst du denn da?! Bist du verrückt geworden!"

Sie hatte mich entdeckt, wie ich hinten

an einem Pferdefuhrwerk hing, die Propeller-
schleife in der Pferdekacke auf dem holprigen
Weg, das weiße Kleidchen verschmutzt, voller Mist. Jetzt fing das ganze Prozedere wieder
von vorne an: waschen, umziehen, kämmen.

Im Krankenhaus wartete meine Mutter
schon sehnsüchtig auf uns und erzählte
uns, wie ihr Tag vergangen war, zwischen
Schmerzen und der Hoffnung, gesund zu werden. Ihre Augen glänzten, als sie mich sah in
meinem blauen Kleid, und sie griff nach meiner
Hand, drückte sie fester als letzten Sonntag.

„Der Tod hat an meine Tür geklopft und
nach mir geschaut. Aber ich habe mich unter
der Bettdecke versteckt." Sie flüsterte, damit
ihre Zimmernachbarin sie nicht hören konnte, die mit weit geöffnetem Mund im Bett ne-
benan schlief.

Bei diesem Anblick erinnerte ich mich
an eine Geschichte, die mein Vater mir einmal erzählt hatte: „Bienchen, merk dir eins!
Der Mensch auf Erden darf niemals lügen. Für
jede Unwahrheit malt Gott uns einen schwarzen Punkt aufs Herz. Am Ende unseres Lebens
zählt er die Punkte, und dann entscheidet er,
ob wir in den Himmel kommen oder die Hölle
auf uns wartet."

Leise trat ich ans Bett der schlafenden
Frau, um durch ihren offenen Mund bis auf ihr

Herz zu blicken. Ich wollte ihre Punkte zählen. Aber was für eine Enttäuschung! Ich sah kein Herz und keine Punkte.

Für mich selbst hoffte ich, dass der liebe Gott zumindest kleine Notlügen unbewertet ließ, damit ich doch noch einen Platz im Paradies bekam und mir nicht in der Hölle bis in alle Ewigkeit die Haare kämmen lassen musste. Meine Mutter, davon war ich überzeugt, hatte nur einige kleine graue Punkte auf ihrem Herzchen – und die zählten nicht.

Als der Tod abermals an ihre Tür klopfte, ging sie friedlich mit ihm.

Der Adventsschrank

In meinem Zimmer steht ein alter Jugendstilschrank, trotz seines Alters immer noch wunderschön anzusehen. Aber seine Schönheit ist nicht alles, was mich mit ihm verbindet.

Schon Anfang November, wenn es früh dunkel wurde, freute ich mich auf die nahende Adventszeit. Plätzchenduft zog durch die Wohnung, der Adventskranz mit seinen roten Kerzen und dem Geruch nach frischer Tanne wartete darauf, erstrahlen zu dürfen. Alles war schon so festlich, und ich dachte regelmäßig, wenn ich ein Kätzchen wäre und wir einen großen Kachelofen hätten, würde ich mich auf die Ofenbank legen und schlummernd die vorweihnachtliche Stille genießen. Aber leider war ich kein Kätzchen. Weihnachtliche Aufgaben warteten auf meine Geschwister und mich.

Meine Mutter hatte am 27. November Geburtstag, und der fiel in diesem Jahr wieder einmal mit dem ersten Advent zusammen. Taschengeld, von dem wir schnell ein Geschenk hätten kaufen können, hatten wir nicht, und so beschlossen wir, für unsere Mutter ein Krippenspiel aufzuführen. Aber was eignete sich? Wollten wir ein Singspiel oder ein Gedicht, vielleicht ein kleines Schauspiel wie von Wolfgang von Goethe, natürlich selbst gedichtet?

Voller Eifer und mit roten Bäckchen redeten wir alle durcheinander, was wohl passen könnte und was vor allen Dingen beim Auswendiglernen nicht so viel Zeit in Anspruch nehmen würde. Das Spielen an den Nachmittagen durfte dabei auch nicht zu kurz kommen.

Mein Bruder Jochen hatte schließlich die zündende Idee. „Ihr kennt doch das Lied von Maria und Josef, die eine Herberge suchen, damit das Jesuskindchen im Warmen zu uns auf die Welt kommen kann, oder?", fragte er uns. „Ich kann euch ja mal eine Strophe vorlesen, und dann können wir entscheiden, ob das unser Krippenspiel wird."

Und er begann:

„Wirt: ‚Wer klopfet an?'
Maria und Josef: ‚O zwei gar arme Leut!'
‚Was wollt ihr dann?'
‚O gebt uns Herberg heut! O durch Gottes Lieb wir bitten, öffnet uns doch

Eure Hütten!'
,O nein, nein, nein!'
,O lasset uns doch ein!'
,Es kann nicht sein'
,Wir wollen dankbar sein'
,Nein, es kann einmal nicht sein, da geht
nur fort! Ihr kommt nicht rein!'"

Andächtig hörten wir zu, meine Schwester Carola hatte glitzernde kleine Perlen in den Augen. Oder waren das Tränen?

„Ach, hätte ich damals schon gelebt", sagte sie, „bei mir wäre ein schönes warmes Bett für die ganze himmlische Familie vorhanden gewesen."

„Jockele", sagte ich, „das ist wirklich ein wunderschönes Singspiel, aber hast du auch gesehen, dieses Lied hat sieben Strophen. Da lernen wir bis zu Muttis Geburtstag in zehn Jahren!"

„Komm runter, Kleine, wir brauchen doch nur einen Vers zu üben, das reicht", erwiderte er mir.

Nach dem wir uns einig waren, fingen die Proben an. Die Rollen zu verteilen war schon ein wenig schwieriger. Noch entsetzt über das Verhalten des bösen Wirts, wollte ihn keiner von uns spielen. Mit Engelszungen redeten wir auf unseren Bruder Peter ein, und als wir ihm einen Kaugummi zur Belohnung versprachen, opferte er sich endlich widerwillig. Carola, meine jüngere Schwester, freute sich auf die Rolle der Maria und zog ihre Puppe Luise schon einmal an wie das Jesuskind, ersetzte das schöne Puppenkleidchen durch zerschlissene Windeln.

Mein Bruder Michael wurde auserkoren, die Rolle des liebenden Josefs zu übernehmen. Das wollte er zwar nicht, weil er sich eine andere Maria wünschte, seine angehimmelte, heimliche große Liebe Elke, wie er elf Jahre alt.

„Micha, versteh", flüsterte ich ihm zu, „es ist eine Familienfeier, und da gehört Elke noch nicht dazu. Vielleicht in zehn Jahren, wenn Mutti wieder am ersten Advent Geburtstag haben sollte. Vielleicht ist sie dann deine Maria." Sein Sträuben nutzte ihm nichts, er wurde Josef, und Carola wurde Maria.

Die Tage bis zum 1. Advent rauschten dahin. Eifrig studierten wir das Stück ein und unterbrachen, wenn unsere Mutter in der Nähe war. Was waren das für spannende, schöne Heimlichkeiten! Abends im Bett übten wir weiter, kicherten, bis wir zu müde waren, um noch ein Wort herauszubringen.

Besonders kuschelig war es, wenn es draußen fror und der Winter Eisblumen an die Fensterscheibe malte. Die Blumen boten gleichzeitig dem Christkind Sichtschutz, wenn es uns für unser leises Singen belohnte. Schokoladenplätzchen, Haselnüsse und manche süßen Leckereien lagen auf der Fensterbank. Noch halb im Schlaf, traute ich mich nicht, mich zu bewegen, damit ich das Christkind nicht störte. Oder träumte ich einen wunderschönen Traum? Ich stand auf, um nachzusehen, aber es war schon weitergeflogen.

In der Zwischenzeit war auch mein großer Bruder Peter wach, und ich erzählte ihm von der weihnachtlichen Begebenheit.

Peter lachte sich halb tot. „Sabine, die Plätzchen backt die Mutti selbst. Und damit wir nicht naschen können, stellt sie die Plätzchendose auf den Schrank. Was beim Backen zerbricht, legt sie uns auf die Fensterbank, damit wir glauben, das war ein Engelchen."

Ich glaubte ihm nicht! Plätzchen, Schrank? Schrank? Schrank! Ich hatte eine Idee. Wir hatten immer noch keine geeignete Herberge für Josef und Maria, aber ab sofort war dieses Problem gelöst. Der Schrank würde unser Stall im Krippenspiel werden.

Die Proben nahmen professionelle Formen an. Für die musikalische Untermalung sorgte Jochen auf seiner Schmalzither, und ich pustete auf meiner Blockflöte mit, anfangs mit falschen Tönen, mehr oder weniger gekonnt. Es sah köstlich aus, wenn die angelehnte Schranktür aufging und ein grimmig aussehender Josef/Michael beim Wirt wütend an die Tür klopfte. Wahrscheinlich war er nicht nur ungehalten, weil er mit Maria keine Herberge bekam. Vermutlich lag es an Maria/Carola, die er lieber auf den Mond geschossen hätte, um seine Elke an seiner Seite zu haben. Carola schien das nicht zu bemerken, denn sie kümmerte sich rührend um ihr „Jesuskind". Ich befürchtete, ihre Puppe Luise würde immer ein Jesus bleiben, und der würde auch in ihrer Obhut nie erwachsen werden.

Es war so weit: der Geburtstag unserer Mutter! Noch eine kurze Generalprobe, dann ging es los. Weihnachtsduft lag in der Luft, auf dem Adventskranz leuchtete eine Kerze.

Wir begannen: Maria und Josef näherten sich dem Schrank, Maria hatte das Jesuskind in ihrem Arm. Josef klopfte mit der Faust gegen die Schranktür und bat um Einlass. Der Wirt fragte in barschem Ton: „Wer klopfet an?"

Worauf Josef eingeschüchtert antwortete: „O zwei gar arme Leut."

Diesen Dialog führten wir weiter, wenn unser Lachen es zuließ. Es sah so lustig aus: Josef, der immer noch sauer war, weil er Carola als Maria nehmen musste. Jochen hämmerte mit Inbrunst auf seiner Schmalzither herum, und ich versuchte mit meiner Blockflöte, mit ihm Schritt zu halten. Allerdings war er mir immer ein paar Töne voraus, und das klang nicht wirklich harmonisch. Aber wir schafften es doch, aus einem eher traurigen Krippenspiel ein Lustspiel zu machen.

Aus mangelnder Zeit hatten wir nur die erste und zweite Strophe eingeübt, und so endete unsere Geburtstagsaufführung mit dem Ausruf des Wirts: „Ei, der Ort ist gut für Euch, ihr braucht nicht viel, da geht nur gleich."

Nach dem Schlusswort kullerten einigen Mitspielern ein paar Tränen über die Wangen. Carola drückte das Jesulein an ihre Hühnerbrust und schwor ihm, immer für ihn und seine Eltern eine Herberge zu haben. Komme, was wolle.

Ich erinnere mich so gern an diesen Adventsnachmittag, und die „Herberge" holte ich zu mir nach Hause, als ich erwachsen war. Nun steht der Schrank in meinem Zimmer, erfreut sich seiner alten Schönheit und stimmt mich manchmal ein wenig traurig, wenn er zu mir sagt: „Sabine, denkst du manchmal an deine Kindheit? Wie schön sie doch war!"

Die Autorin, Sabine Breuer-Frisch, wurde 1945 in Coburg geboren und wuchs mit acht Geschwistern auf.

Heute lebt sie mit ihrem Mann und Hündin Emmy in einer kleinen Stadt in der Nähe von Düsseldorf. Ihre drei Kinder haben das elterliche Nest längst verlassen.

Die 14 autobiografischen Geschichten beschreiben eine Kindheit in den Fünfzigerjahren – mit all den Entbehrungen, aber auch mit unvergesslich schönen Stunden.

Zeitfracht Medien GmbH
Ferdinand-Jühlke-Straße 7
99095 Erfurt, Deutschland
produktsicherheit@kolibri360.de